Simão de Miranda • Sol de Angelis

Não Somos Todos Iguais

Não somos todos iguais
Simão de Miranda e Sol de Angelis

Coordenação editorial: Florencia Carrizo
Revisão: Fabiana Teixeira Lima
Design e diagramação: Verónica Alvarez Pesce

Primeira edição.

Catapulta

R. Passadena, 102
Parque Industrial San José
CEP: 06715-864. Cotia – São Paulo.
infobr@catapulta.net – catapulta.net

ISBN 978-65-5551-162-8

Impresso no Brasil em julho de 2024.

Miranda, Simão de
    Não somos todos iguais / Simão de Miranda, Sol de Angelis. -- 1. ed. -- Cotia, SP : Catapulta, 2024.

    ISBN 978-65-5551-162-8

    1. Diferenças individuais - Literatura infantojuvenil 2. Valores - Literatura infantojuvenil I. Angelis, Sol de. II. Título.

24-217160   CDD-028.5

Índices para catálogo sistemático:
1. Literatura infantil 028.5
2. Literatura infantojuvenil 028.5
Cibele Maria Dias - Bibliotecária - CRB-8/9427

© 2024, Catapulta Editores Ltda.
© 2024, Simão de Miranda e Sol de Angelis

Livro de edição brasileira.

Nenhuma parte desta obra poderá ser reproduzida, copiada, transcrita ou mesmo transmitida por meios eletrônicos ou gravações sem a permissão por escrito do editor. Os infratores estarão sujeitos às penas previstas na Lei nº 9.610/98.

Simão de Miranda • Sol de Angelis

Não Somos Todos Iguais

Catapulta
junior

Para minha filha, Júlia, meus sobrinhos, Theo e Esther, e todas as crianças do mundo, que são as verdadeiras herdeiras da diversidade. Que este livro seja um convite para celebrar as culturas e as histórias que tornam nosso mundo tão rico e surpreendente. Espero que se inspirem, cada vez mais, para abraçar as diferenças e construir um mundo mais inclusivo e amoroso.

Naquela floresta encantada, Gema e Percival eram amigos inseparáveis.

Gema era uma elegante ema de pernas tortas;
Percival, um alegre pica-pau de bico curto.
Os dois tinham vergonha de suas diferenças.

Até que um dia, em um colorido fim de tarde,
deram de cara com o Senhor Rapino, o carcará.

Gema, a elegante ema de pernas tortas, disse, encantada:
— Como o senhor é bonito e sem defeito! Bico, pernas, penas, tudo perfeito.

Percival, o alegre pica-pau de bico curto, completou:
— Infelizmente, não tivemos a mesma sorte. Minha amiga tem pernas tortas e eu, este pequeno bico.

Senhor Rapino, o sábio carcará, começou a falar:
— Diferença não é defeito, é qualidade particular.
Amanhã, ao alvorecer, celebraremos nossa
diversidade à sombra do velho jatobá.
Por que não passam por lá?

Já levantando voo, Senhor Rapino acrescentou:
— No festival, apresentaremos nossas habilidades, e tenho certeza de que as de vocês serão admiradas.

O sol despertou com um espetáculo de luzes, e todos foram para lá. Gema e Percival, corajosos, não faltaram.

Os animais exibiram suas qualidades únicas: a engraçada hiena fazia a floresta cair na gargalhada.

A mal-encarada onça-pintada estremecia o chão com seus rugidos.

A preguiça dava aulas sobre como manter a serenidade. O inquieto mico-leão-dourado pulava sem parar.

Gema, a jeitosa ema de pernas tortas, encantava a todos com um gracioso balé.

Percival, o amável pica-pau de bico curto, habilmente perfurava um tronco com mais de mil bicadas por minuto.

Aplausos e assovios celebraram a beleza de suas habilidades incríveis.

Cores, formas e tamanhos únicos de cada animal mostraram que nenhum era igual ao outro.

Naquele dia, Gema e Percival passaram a reconhecer que a diferença não é um defeito, mas uma qualidade muito particular.

E que aquela floresta já festeja a diversidade a cada novo amanhecer.